JN126298

詩集

淵瀬

山田にしこ

風詠社

目次

第Ⅰ章　夏

第Ⅱ章　秋

第Ⅲ章　冬

詩集　淵瀬

装画・挿画　山田にしこ
装幀　２ＤＡＹ

第Ⅰ章　夏

「カラー」花言葉・清浄

夏の夢跡

左手薬指に
追憶のダイアモンドリングがのっている

俗に言う婚約指輪

医療現場に居たわたしが
夢や希望を膨らませるころ
骨削り機の刃先に
小粒のダイアが数個
超音波洗浄機の中で揺さぶられ
揺さぶられ続けても
原石の煌びやかな

不可思議な魅力は保ち
硬石―の力強さを見せつけていた

永遠の愛を誓い合う
ダイアモンドとは
似ても似つかわしとは言えず

ダイアモンドの婚約指輪は
一粒の大きめの石が
きれいにカットされ
クオリティは保証書付きの一品物
みたび
わたしの薬指を照らしている

長い歳月の末

よそ行きのリングに様変わりし
こよなく愛された記憶も
どこぞのホールへ落ちたまま
拾い損ね　拾い損ね者に
似つかわしい
小粒揃いのリングが
今
違う箱に収められている

紫陽花と雨

そぼ降る雨の音色は
こころに
おしめりを頂くよう

紫陽花は不実の花ともいうけれど
実らぬ身に
落着きを取り戻す
こころの不実さもある

夜更け
閉じようとしない
紫陽花に

こころを
重ねあわせてみる

村雲

春夏秋冬の四季に
躍り出る
そらの村雲

幾層もの雲の形状や
とりどりの色具合は
衛星画像に瞬時に映し出される

そらが
真っ青　真っ暗　暗闇　雷鳴
転々と移り変わる画像は
宇宙空間の人工衛星が

私たちに教えてくれる

そらは
四季おりおりの季節の予報を
ものともしないで
顔色を雲色に変えてゆく

人工頭脳の衛星画像は
顔色を
どこまで読み込めるのだろう
ふと、疑問が湧く

人間の造りあげた
(いまだ進化をし続ける)
人工の機械が

そらをも突き破り
人間をも砕けさせ　地に沈ませる
諸刃の剣になるとしたら・・などと
歴史の重い心が
爽快な心の奥底を暗くする

そらは
このごろ
日内で簡単に変貌するから
四季は陰暦を意地悪に取り違えそうだ

うっかり、ごめん

威力の強い台風が列島を縦断するさなか
大雨大風で
不要不急の外出禁止の警戒放送が
あちらこちらに流れるさなか
夜行バスは休みなく
疲れ果てた若夫婦が
ずぶ濡れて
ひょっこり現れた

母は台風で仕事はお休み

こりゃ

予想外の鉢合わせ

若夫婦はゆっくり休みたい
母はのんびり休みたい
台風はそしらぬ顔
自然まかせで叱られもせず

寝室でくつろいで
タオルは沢山使って良いよ
温かい飲み物も用意するよ
さぁさぁ
疲れを少しでもおとりなさい
なんて
気の利いた猫撫で声を
かけようと近寄れば

仮にとどまっただけなので
と
無愛想に
さっさ　さっさ
台風のさなかへ
もどってゆく若夫婦
――――――
――――――
とりつくしまもない
鉢合わせ

真夏のセミ

洗濯物に隠れて
ジイジイ声が
部屋に紛れ込んだ

何年も土のなかで幼虫の姿で暮し
地べたにようやく成虫で上がり
陽の目をみる数週間の命を
うす絹を重ね合わせた翅音で
今生に知らせる

ちいさきいのちの

仰々しさに
いま
午睡の時間が奪われてゆく

八月十五日

原爆投下は米国のおごりだ
という持論を曲げなかった父の
新盆を
古里で迎える

竹馬の友は学徒兵に志願し
神風特攻隊でお国の為に勇敢に戦死された

身体検査で落とされた父は
陸軍工廠で二年間
全身黄色に染まりながら
弾薬造りに明け暮れた

八月盆のころ
よく酒を口にし
酒の力で戦争時代の話を
マドロスものや軍歌を交え
悲しい口調で
子どもに語った

父の記憶の内から
取り残された嘆きと戦争への憤りが
平和の時代に
常に混在し
八月十五日が来るたび
消えない傷となり癒えることはなかった

畑からきゅうりとなすをもぎ取り
精霊棚に
迎えの馬と送りの牛を作り
飾る

いっしょに作った
笑顔の父は
もう
この世にはいない

八月十五日

それぞれの芽

ひとひらの花弁　桜のはなびら
ちいさき虫の幼虫　葉裏で巣篭り
土中に種蒔き新芽を待つ

線状に走り去る雲
行き先を定められたものたち
あるいはそうでないものたちは
暗がりの中でも
光は見失わず

いま、うまれたての筋の様な川をみた
地下の源泉から地上に溢れる想いの果て

海への流路はこれから・・・
もしかしたらこのまま地上の土に吸収され
跡形もなくなるかも・・・

人と人の間にいることに
つかれた時

ピンと張り巡らせた琴線をやすめて

暮しを成り立たせるには
関係のないものたち

嘘のないものたちへの芽を見る

プラットホーム

二十歳代の青春切符に
格安の鉄道路線旅があり
ユースホステルを利用して
駅の旅を重ねた事がある

駅は
厩の場所を意味していたという
中国からの言葉を頂いたとも・・

詳細を尋ねると
高速ＡＩが今こう答える

プラットホームは
電波需要の環境だよ・・ってね

地つながりの鉄道の旅は
電波つながりの映像の世界へ変化し
現地を見聞しなくとも
仮想現実の世界で
旅を視覚で見せる

二十一世紀のプラットホーム事情は
アナログの旅を求める者には
めくるめく映像の上滑りが流れる分
思いを膨らませる術にはいたらず
触れる　聴く　強烈な臭い　味わうの
感覚麻痺を起こしそうだ

わたしたち

わたしたちは知らないことが
多すぎる

人の英知は
大自然の中で
なんと小さく　はかなく
そうしてかわいらしいのだろう

わたしたちは不可思議な迷路の中を
さまよう迷い子のまま
答えらしきものを選択する

一生のうちのどのあたりで
ほんとうに生きている喜びやありがたさや
希望の光を見つけるのだろう

灰が降る

マニラ島で火山噴火が発生
灰が粉塵の摩擦熱により
稲妻を産む

灰色の曇天から
舞い上がり舞い落ちる
雷の光は
天には細く
地べたに近づくごとに
枝葉をつけて太くなり
あたり一帯
灰が降る

火山の国は日本だけではない
国を越え
気象の異常はあちらこちらで
起きている

第Ⅱ章　秋

「撫子」花言葉・純愛

里の話・ショートショート

秋

母が古里の山に松茸狩りに行くという
子どもたちを連れだすと
里山の悠々と流れる時のなかで
松茸狩りを
ゆっくり愉しめないから
ひとりで行くという

遊びに忙しいわたしは
母が松茸狩りを
楽しげに言うもので
未知の

好奇心から
いっしょに行くと
言ってしまった

春は山の山菜採りに
ふらりと出かけては
ぜんまい　わらび　たらの芽を
家族のおかずのひと品にし
季節の旬を届けてくれた

一度子どもを一緒に連れ出した時
山菜採りに飽きた子どもの方に
手がかかり
野山を走り回れないもどかしさからか
二度目から

子どもを誘わなくなった

そんな訳で
わたしは秋に
母の漕ぐ自転車のうしろから
母の背中をたよりに
離れまいと一生懸命
身の丈以上の大きな古い自転車を
キーコキーコ音立てて
漕いだ

母は慣れた道をどんどん先へ進み
後からついて行くわたしを忘れ
山手への想いを
いっぱい膨らませてゆく

実家へのあいさつもそこそこに
落ち葉に濡れた山道を
軽やかに登る
松茸は赤松（雌株）に生え
黒松（雄株）には生えないけれど
黒松が生えている所に
赤松は居るよ
と　母が教えてくれる
風雨で崩れた山肌の斜面に
松の根っこが出ているると
ここにはないね、とあっさり別の所へ行く
そのうち母が茂みに隠れ・・
道案内を失ったわたしは

湖に出た

置いてきぼりにされた不安な気持ちが
水面に映るくらい
澄んだ水色?緑色?蒼色?
紅葉色?銀色?
コバルトブルー?
プルシアンブルー?
ナイトグリーン?
いろんな色を重ねても言い表せない
湧水に天然の樹木が映った色とでも言おうか
木々の緑におおわれ
半べそになりながら
よつんばで
湖の周りを回りだしたから

子どもって　おかしいね！

半べその顔が
湖の妖精を探そうとする冒険者の顔に
変わってゆくから

遠くから母の声が聞こえる

声の主にたどり着き
湖のことをおしゃべりすると
囲いがないので危ないから行くなという
水深が子どもの背丈を超え
溺れるのを心配する母の言い分に

ぷぅーってふてくされるわたし

母の手には松茸が
仰山採りこまれていた

みちこも採りな
ある場所を教えるからーと母に導かれ
腐葉土の下の松茸を
はじめて手にする

旬の香り
山の湿気た土臭さに
松茸の匂いが生唾をのみこませる
あぁ　母と来てよかった

必要最低限の事を済ませた母が
家路へ急ぐ
ここでもわたしは
母の漕ぐ自転車のうしろから
母の背中を追いかけて
曲がりくねった細い山道を下り
砂利や小石で転ばぬよう
慣れない路を一生懸命
身の丈以上の大きな古い自転車を
キーコキーコ音立てて
漕いだ

大きな岩の間を流れる清流や
山を貫く天然の洞穴のトンネルに

息をのみながら

また、原稿用紙の前にいる私

書かなくなって久しい時間が
私の前を
断りもなく
淡々と過ぎてゆく
子どもが生まれた喜びを
表現したいと原稿用紙に向かったが

はてさて困ったことに
何にも言の葉が降りてこない
たしかに私は
愛の結晶の命を頂き
喜びの詩を書くために

書く時間を設けたはず

私、詩を書くよね
と自分に問う
喜びの詩を書きたいよね
と自分が答える
一行の空白の一コマ一コマに
想いの言葉が
綴れないもどかしさ
この感覚をなんと表現すれば良いのだろう

焦りが心を締め付ける
喉元まで出かかる言の葉が・・・
素直に表現出来ない

私、書くよね

とまた自分に言い聞かせる

そんな中で母親としての育児をしていた

自分に気づかされる

私の時間が書くことの生業から

子を育む育児全てに変わった時のこと

親ばか

五歳の娘が
地べたをいそいそ歩くありんこを見て
しゃがみこんで
じっと見て

ありんこを大足で踏みそうになった
オジさんに向かい
『ありんこがかあいそうでしょ』
と諫めたそうで

そういう訳で
幼稚園祭にありんこの刺繍の額を作りました

親ばかでしょ

それ以来
ありんこの行列を見ると
しあわせに導く旗はどっち
右ゆき？　左ゆき？
なんて思うのです
ますます
親ばかでしょ

新聞の記憶

まだ娘が小学生のころ
娘と一緒に神奈川新聞の記事を
読み合わせた事があった

毎日の新聞は家族の居る食卓に運ばれ
一日のお気に入りの記事を
それぞれが読むと
役目を終え
古紙回収でトイレットペーパーに代わるか
子供たちの図画や書道の下敷きにされ
燃えるごみで燃されたりする

が

ある日から
新聞が大切な娘の教材に変わった
電子書籍の発展途上の時代に
学校ではコンピューター操作に慣れさせようと
パソコンが設置されはじめた頃
新聞から
難しい漢字や用語や表現を学ぼうとする
娘の姿に
拍手をおくった

二十一世紀の現代
情報は氾濫し錯綜し
若者は新聞からも離れ

国内外の情勢や芸術文化の身近な情報が
読み解かずとも簡単に視覚から入り
豊富な情報のなかから取捨選択する力は
それぞれのモラルに一任されている
いわば放任状態

未来の子に次世代を託する意図は
教育者の一部が見据える先見の明
「すべてから学び取るやわらかい心を育てる」
礎は
紙面の新聞を苦労して読み解く
活字から育まれる思考力が
実を結ぶものとなっている　と思う
親の一意見

これから二十年後の
娘の「今」にかかってくる

そぼ降る雨

小雨が曇天の空からぱらつき
音もなく
手を濡らしはじめる

名古山霊苑仏舎利塔の敷地内で
二時間に及ぶ高温に焼かれ
荼毘に付した父の骨格が
人の形のまま
厚い扉を開き
もどってきた

研ぎ澄まされた青白い声の御坊は

近親者に説く
父に近しい人たちの手で
骨壺に骨が納められる

二人一組となり長箸で骨を挟み
足から腕　腰　肋　胸　歯　頭へと
骨の一部が骨壺に納められる

足の一番太い骨が一か所紫色に変わっている
戦争の頃
陸軍工廠で武器造りに関わった
軍服の少年兵を彷彿とさせるのに
誰がそれを証言出来よう
誰にも証言出来ない

ほかの方より　しっかりとした骨です
御坊が取り次いだ

のど仏の骨は仏様にかたちが似ておられます
最も近しい人に納めて頂きます
御坊が導く
御坊の言葉に母が震え上がる

御坊の導きは一点の曇りもない

近親者はとりどりに手を合わせ
その場から
立ち退いた

そぼ降る雨は止まない
名古山霊苑仏舎利塔

みけちゃんとクック

猫嫌い
なのに、夏休み
野良猫みけちゃんをデッサンした宿題が
美術の先生に褒められた
？　？　？
縁側で手足ダラリンとした
睫の長い小顔の三毛猫の
ゆうるりとする寝顔が
ゆるい感覚で
腑に落ちた

一筆一筆描くみけちゃんの毛が

やわらかなタッチで
くねくねする体を
妙に愛おしんで
勝手に手が
気ままに鉛筆を動かし
描いた三毛猫の

猫嫌い、なのに愛猫の表情の絵になった

猫の毛に触れる事も無く
いつかしら
みけちゃんはいなくなった

それから数年後、猫嫌いの父が

家に迷い込んだ黒猫を
なぜかかわいがるようになった
知らぬ間に呼び名をつけて
家族にはお構いなしに
黒猫が家の中を散歩する時は
クックか　よく来たな　と
どちら様とも言わず挨拶する

難聴で人の会話も聞き取れない父の
会話の相手がクック
自分の昼ご飯は後回しに
おぉ、水よ　おぉ、ご飯よ　と
猫の飯の支度をする父の顔が
愛息の世話をするように
甘い瞳で迎え入れる

それが

今際の際になる頃
甘い鳴き声を出し
クックのほうから父の
体にまとわりつくようになり
猫嫌いで通ったわたしの足元にも
懐いた

父が身罷った後
しばらくは家の中で父を探し回り
そうして、父の後から
黒猫クックもいなくなった

生き物同士の不思議な
こころのふれあいは
時を違えても存在する　と
教えられる

昔の話

きちんと言っておいた方が良いと
思い切って
父が亡くなった後

本人が言えなかった思いを娘から
母に伝える

若い頃の夫婦喧嘩や
末期(まつご)の衣服の見立てが違い
父が怒った事以外
おそらく
愉しい思い出は語れないだろうから

昔ね
お父さんはお母さんと結婚して良かった
幸せだった
って、言ってたよ

大目玉でびっくりする母、
成（な）したこと！
ほんまかいな！
って。

無口な父は
焦って出された祝いのお茶を
つい口に注いだ母が

見合いの席での結婚を受け入れたと確信した
夫婦でお互いを語り合えたのはずっと晩年

それでもね
結婚して幸せだったーなんて
娘に言わせるなんて
母泣かせの父だよね

かなしいね

目覚めると、朝の光をからだに浴びて
家族のための食卓を整える風景を
今日まで疎かにしていた
自分
失って気づく喪失感を
霞のように食べて生きていくなんて
かなしいね

いとしい時間や空間は
大切な人たちと持ちより――寄り添うことで
通じ合える思いを
大切に思わなかった

自分へ　の罰だと気づく
二度と失いたくない
愛する者たちを
家族というくくりのなかに閉じ込めたりはしないから
しあわせになりたい

今日あるということ

こどもが家を出てから
むすめの部屋は流木で出来た壁飾りに時計が
むすこの部屋はタンスにベッドが
残った

広くなった空き部屋の
天井　壁　床を水拭きし消毒を終えるまで
何もかもが夢物語の十数年間であった
と、時の流れに逆らおうともしないで

去る者を追わず
過ぎ去る日々を慈しみ

暮しを立ててきた自分に
轍を食べている
不甲斐ない自分に
腹立たしさを思う

こどもの支度に
教育期間は教育費用のためだけに働き
食を整え
その都度に懸命に働き
社会に送り出した後
こどものいないすき間が
ポッカリ口を開けたまま塞がらない

むすめを見送り　大泣きし
むすこを見送り　大泣きする

涙をため込んだ日々を重ね
そんな毎日を綴る訳にもゆかず

今日いちにちが
わたしの前にあたりまえのように
存在することに
何の偽りや変わりがあるというのだろう

ようやく
是非もなく
わたしは自分に言い聞かす
わたしはわたしでいいのだと

第Ⅲ章　冬

「蠟梅」花言葉・慈しみ

亥の年（初亥の日に）

母が言う
大きな声で

今年は亥の年
わたしと姪の年
亥の干支で
伊勢湾台風や阪神淡路大震災や
社会が災害で大変な干支年なんだと

自分が決めた訳でもなく
頂いた命に
すなおに感謝する年だと

わたしは思う

常識の整合性を
見識者は色々言われるが
どの人も
自分の命ほど大事なものはない

この亥の年に
元号が変わる

これからどうなるの・・などと
ないものに存在を求め
あるものの存在が見えなくなった者は
語る言葉を失う

つと
腕時計を持たないわたしが
偉そうにいう

わたしはわすれない

わたしはわすれない
一九九五年一月十七日を
猪突猛進の年
私の生まれ年
三十六年目の朝
午前五時三十分に
目覚まし時計もならないうちに
天然の目が冴えた
新しい空気を体に吸い込んだ
何かが起きる予感に
ひそかに心躍らせた日

その十六分後に

私の予感は崩れ去った

わたしはわすれない
ふるさとに起きた大自然の叫びを
高度文明社会が瞬く間に
崩れ去る有様を
焦土になりゆく有様を
確かめ合う命の絆を

友は病院へ走り
姉は飛んでいく屋根瓦に慄き
難聴の父は家族の安否を
共に確かめあう時の重圧と焦燥と恐れと

闘いながら自ら受話器を握り
連絡に奔走したことを
ライフラインが途切れる音と
寸断される道の未知への恐怖と
井戸水　パン　風呂の残り湯を
生きるためにつなぐ知恵と
生き抜くために耐える勇気と

わたしは娘に語る
たくさんな苦しみが
大震災で生まれたことを
わたしは息子に語る
火山の国が日本で
時々みなは
日本人であることを忘れてしまうのだと

わたしはわすれない
懸命に生き抜いた
家族や友を
賢明に生き抜く
日本人のひとりであることを

冬の紅葉

父が丹精込め造り上げた造園の
紅葉を父娘で眺める

凍てついた空に
赤赤と映える
冬の紅葉ほど
心のカンバスをくすぐるものはない

赤子のちいさな葉うらから
こぼれる陽のしずくは
ひとつぶひとつぶ愛おしく
地べたの苔を

ゆっくり照らしながら
きらきら輝いている

それを
ゆるい視線でみいる父が
無造作にかざした手の
腫れた掌とは
対照的に・・・

悲しみやら苦しみやらを消し
あちらへ還る準備でもするように
高く放つ掌

一年中紅の色を落としたことのない

紅葉は
幼少の頃より見続けてきた父の
育ての母親に抱かれた夢想に
重なるようで

父との時間を
わたしは何度も
赤い紅葉で
かみしめる

最後の手・父から娘に

父が亡くなる前
日向に向かい
右手をかざした

娘はその意味が解けずに
ゆっくりと
目の前の所作を見ていた

あたかも
静かに見ておくようにと諭すような
所作であった

冬の日向は
生暖かく
夏のように体を刺すような
強さはないが
かざす手の背に
うっすらと浮き出る静脈の血管の
流れる薄紫の血の色を
覆い隠すような
浮腫んだ青白い手を
冬の真っ赤な紅葉と対比するように

赤ん坊の手のような
乳白色の柔らかさとは違い

不要な水の重さにも耐え忍び
これから向かう
次の世への・・

父なりの覚悟のなかで
男の不安というものが
少なからず現れた

そんな所作でもあった

香炉の梅

白檀の香を薫(か)ぐ
香炉は梅の絵付け
黄梅　紅梅　白梅が
陶磁器の蒼に映え
群青の瀬戸内の深海を思わせる

白檀の煙二本は
天に螺旋状に立ち上り
互いに乱舞しては
すき間風を求めて
それぞれの弧をえがく

淡い黄白色の支柱を手で掴もうとするが
掴んだ先から
期待はきれいに気体になり
みごとに
天井へ消える

もう一度試みても
掌に残るのは
白檀のわずかな芳香だけ

梅の器は
無言に無性に
そうして無情に
二本の煙を
火元が見えなくなるまで

ゆっくり天へ昇らせる

残り香を
惜しむのは
蒼い香炉に想いをよせる
主だけ

紅梅を愛でた
主だけ

冬のおもいで

田舎の味を
柿の甘さで感じる

腰の曲がった母が
精一杯背伸びして
自生した冬柿を
一個　一個手で捥ぎ
天日の下で
数日間吊るした

雨の日が続くとカビがはえ
あるいは腐り果てる

何個かの
甘みの凝縮された柿が
正月に並んだ

市田柿のような
立派さはないが
頬張る口の中で
じんわりなじんだ
蜜を醸し出す

自然の甘みと
母のまごころが
ほんのり合わさり
思わず

一個に
恵まれたしあわせを頂く

土用の雪

雨降らしの笠雲が
富士山にかかり
数時間後には
雪雲がやって来て
冷雨は
氷霧となって
視界を蝕む

北風は空中の塵を
氷の粒に変え吹きつける

輝き　きらめく美しさより

今の寒さをしのぐために
外の用をサッサと済ませると
人々は足早に
家路へと急ぐ

そのあとで

方言にせなあかん……と
熱にうなされた独り言を
つと　言ってみる

お抹茶を点てていただいた
そのあとで

なんてしずかできよらかな
ひとときなのだろう

夜飲んだ市販の解熱剤が
たっぷりの睡眠を

わたしに与え
一服のお抹茶茶わんから立ち上る
一筋の湯気に
そのおもしろ可笑しい形を
すなおに愛でる

晴れる

寒気団の襲来で
暖かい日和が様変わり
冬の再来かと思うほど
寒さを凌ぐ
大雨を凌ぐ

窓の外は北風や北北東の風が
所構わずに
大きな口を開けて
ビュービュー吹き荒れる

天変地異という形容が

こんな日は似合う

低地は洪水の様に水が溢れ
平地は風に水飛沫が辺り一帯に飛び散る
高地は山颪（やまおろし）の風と冷気が
谷間に向かい
雹（ひょう）や霰（あられ）を降り落とす
所々の吹き溜まりを
一掃するように
竜巻が荒れ狂う

大陸からは空気汚染の塵埃が
ふりかけのように混入する

そうして一時の雷や嵐を

身をかがめて　身を隠し
通過するのを
ひたすらに待つ
自然の猛威から守る一手が
いかに単純な方法か
いかに忍耐を要するかを教えられる
闇夜との戦いのようだ

寝る　しかない

時計の秒針が動く音がしない
長針と短針で時間を計る
外は昼間でも暗い
明るい兆しが見えないまま
睡眠の谷間に入る

夕方に目覚めると
ネット映像は虹を映し出す
闇夜は去った

晩飯を軽く食むと
また眠る

そうして迎えた朝

晴れる

体内時計が動き出す

二十一世紀の今

数世紀前に
世界的大流行で
多くの命の灯火が消える
伝染病の史実が
戒めのように
外国の作家によって描かれた

一匹のどこにでもいる
家ネズミの死骸が
至る所で見受けられる
ちっぽけな詩篇では表現できない
小説の大きさに

世界中の人々が驚愕する
流行名は『ペスト』

二十一世紀の
今、日本国内至る所
小さな島国すべてが
未知のウイルスで右往左往している
島国以前に
名だたる世界の大陸間で
伝播を阻止すべく記憶が
グローバル化した現代
拡散の一途にある
流行名は『新型コロナウイルス感染症』

学生時代に学んだ疫病学（微生物学）では
対ウイルスは戦いに明け暮れる歴史で
人の体内で増殖し発病すると
封じ込める有効な治療薬は
存在しない――と教わった

二十一世紀の今日
エボラ出血熱　ヒト免疫不全症候群は
症状の進行を緩和する薬の開発で
命を長らえている
ここに至り
新型コロナウイルスの原種と変異株が
合間をぬうように
わたしたちの生命に忍び寄ってきた

退治出来ないのなら
共存共生なのか
どちらかが淘汰されるのか
英知が試されている、今

躊躇なく

時を待たずに

寿命というとらえ方

およそ一世紀前
私たちの先達は
不治の病を宣告されると
命の期限をしずかに受け入れ
自然の生業のなかで息をしずめて
あるべく日を待つ覚悟があったと思う

赤痢や結核が治る病気になった現代
生活習慣に拠る病に肺炎や老衰が並ぶ
今の日本で
孤独死　若者の自殺　災害や事故死が
後を絶たない

数字に表れる寿命は時間域のとらえ方で
生き方や逝き方というものの
本質が見えなくなってきている
ふと　そんな気がする

蠟梅

如月のころになると
二つの梅の物語を想い出す
白梅や紅梅に勝る
馥郁と香る
黄色い蝋を塗り込めたような
梅の花

新聞紙で包まれた
数本の枝木から
こぼれ落ちる蕾のかわいさが
奥方と育まれた
幾年月の慈しみを

ほんのり伝えるように
黄色い梅って？
ろうばいと言うのだ―と教えて頂いた

新しい年が明け
寒さに体も小さくなる頃
黒くゴツゴツした幹から溢れ出す
息吹が

冷気の中で
ゆっくりと枝へ
枝から蕾、そうして開花する
蠟梅を
白梅以上に愛されたのだろう

ふと、
一本の頼りなげな木に
頑なに離れない蕾と花を
わが家の畑で見つけた時
驚き以上に
ご夫婦の想いと重なる
祈りにも似た感傷を覚えた

ありがとう

父と母の間に生まれて良かった
ありがとう

父よ
おまえが男の子であったなら・・・
幾度となく　うそぶいて思われた事も
母よ
娘の厄十九歳の気遣いを頂き
ありがとう

わたしは
あなたがたの子として

娘として
生かされていることに思いを馳せる
これから産み出す作品のなかで
描いてゆく世界を
どうか静かに見守って下さい

第Ⅳ章　そして春へ

「薔薇」花言葉・尊敬

香油

白檀の香りは
長い間馴染み深く
実家の季節ごとのお参りには欠かせない
思いの深い香り

先日の花粉で鼻腔に感じ取る
香りが
いつになく鈍磨になり
いらぬ鼻水を絶え間なく
流す醜穢に
羞恥も無くし

開花した早咲きの桜に
大陸からの偏西風に
すぐに散ってゆく桜に
早春の香りにと
なにかしらの変化を求めて辿り着いた

香の名はネロリ
モロッコ原産の柑橘類で
かなりの希少価値を持つと言われるらしい
およそ数分間の時間飛行のなか
香油に親しむ

白い五弁の花びらの
蒸留された香油は
ミカンのような酸っぱさはなく

甘ったるさもない
むしろ清々と
不快感をどこまでも洗い清めてくれ
心のありどころを
落ちつかせる

白檀　薔薇とも違う

高貴な香りに
ちいさな幸せを感じる　早春

土筆

若木になる前の
燃え出ずる土筆を
野良から摘み
食卓にあげる

手足もかじかんだ野良仕事すら
しなくなった頃に
風雪をしのぎ
土中で生き抜いたものたちに
季節をおざなりにしてきた自分の
不甲斐なさを学んだりする

野良の妙味がやけに懐かしい
口の中に
春がくる

春、ありがとう

つくしんぼ採り

卯月にもなると
サイクリングロードの川岸は
春の草花で賑やかだ

二千二十年は異例
弥生に自生のつくしんぼ採りをする
春の散策が
新型ウイルスの
外出自粛要請が国内一斉に出され
旬を遅らせる・・と
ほとんどスギナばかり
—つくしですか?

―もう遅いのですが・・
行き交う会話も季節を越している

ソメイヨシノの花びらが
朝の風に舞い上がり
輪舞の後に舞い落ちる様は
『雪の舞』
幻想世界そのままに時を忘れさせる

ロード越しの清流の流れに
身を任す花びらもある
せせらぎに耳を開くと
『雪の舞』
が再び　見え隠れする

かたばみが足下から
季節を伺っている

採れたての
つくしんぼはいつもの半分
袴取りの手間が省けるが
遅い春は味わえる

弥生三月誕生日

桜祭りで賑わう
お城の公園の
隣の母子医療センターで
産声をあげた子

桜満開の下で
人々が春の訪れと共に
春の季節の始まりの祝宴に
酔いしれ
陽春を心から迎え入れていた

あぁ、この子は

生涯を人々の手のぬくもりの中で
過ごせる
ふと、そんな気にさせる日だった

二千二十年の今日
昨日の陽春はどこへ行ってしまったのだろう
寒気団が容赦なくやってきて
早朝から
北風は冷たい雨を降らし
雨は氷を含み
みぞれはもっと強い北風を呼び
水気の雪を散らし始める
北風は益々うなり
あちらこちらで小雪を舞わせ
いくつもの雪の渦潮をこしらえたあと

三十分もしないうち
街路樹は白く重たい帽子をかぶり
雪の重みで
ボトン　パタン　ポトンと
雪を地に落とす

窓ガラスは氷の結晶が
きれいな文様で白く張り付く

いましがた　また
どこぞの手すりに積もった雪が
北風にあおられ地面に落ちた

記憶の外に
四月の降雪もあったかなかったか

二月二十九日の降雪が最も新しかったのに
三月二十九日の降雪が
記録更新する

季節の裏側は
人の力の及ばない
神様だけの采配

どうやら日内は雪模様らしい
寒さと新種のウイルス禍で
道行く人影は消えた

お誕生日が
忘れられない一日になりそうだ

赤いガーベラとピンクの薔薇と

洋間に
住人の残した花が目にとまる

白壁はセピア色に変わりつつ
あるなかに
赤い色気そのままの
ガーベラが
飾り木箱を彩っている
なぜか、目が離せない

花屋さんでは季節に関係なく
温室育ちのガーベラを頂ける

そんな時代に
新しい花を所望もしないで
『花は咲く』の復興支援の歌が
赤いガーベラに重なる

住人の想いは
前進する姿にあったのだろうか
津波や震災の傷跡は
変わらずに　そこにある

壁を違えて
ちいさなピンクのスプレー薔薇が
二輪

ピュアな色目を残している

どちらも何も語らない
静まりかえる部屋に
そのままで

緊急事態宣言

およそ数世紀前
世界中の人口が激減する感染症が流行した
世に言う黒死病　世界風邪
大国が亡国になるほどの
大きな病だった
未知の病原体は
人知を越えて
人々を恐怖に陥れる

令和になり
大国間の大戦による淘汰はないが
感染症による淘汰が世界中を駆け巡る

遮蔽や遮壁や隔離の原則をも超越する勢いで
どのぐらいの人々が未来を見据えて
生存可能かは誰にも予測出来ない

わたくしたち

卯月の半ばに
大雨、雷、強風の荒天
窓の外の電線が大揺れに揺れ
近くを走る国道の
車の水しぶきが
怒濤に聞こえる

桜前線がおわり
桜は最後の散り際のさびしさをおもい
白い可憐な梨の花も満開を過ぎ
牡丹園が見頃を迎え
菖蒲園の開園目前

そうして
一年中で待ち遠しい薔薇の季節を
迎えようとする

花の彩りを待ち焦がれるのも
生きとし生けるものの自然の生業のはず
〝とうぜんでしょ〟と花はいうだろう

誰しもが感じるであろう
花の季節のたのしみを
令和二年は
誰の悪戯か
神様が大きな試練をお与えになったような
わたくしたち人間だけが
右往左往し

試練を享受しているような
そんな気がする

自然の中で生かされていることを
ないがしろにしていると
お叱りを受けているような気にもなる

ジャスミンの香油を頂きながら
COVID－19前線の中で暮らす
わたくしたち

薔薇に会えないもどかしさ

青葉の息吹を頬に感じると
燕も巣作りに忙しい
日々が
生きとし生けるものたちのために
あるように思う季節が
目の前にやってきた

薔薇が蕾を開く
香しく甘い蜜月が
横たわる

隣人の庭に咲く薔薇を横目に

薔薇屋敷の薔薇を思う
ブルームーンの高貴な香りが
鼻を刺激する
薄紫の慎ましい蕾の姿が
目に焼き付く
ラベンダー色のレディＸに
フランスの中世の貴婦人を思い描く

その花の表情や香しさは
薔薇名に合わせ
想像力を漲らす

二千二十年、どこで人間は道を誤ったのか
未知のウイルスの見えない壁に

歩を閉ざされた

薔薇は
変わらずに生ける命を頂き
香しく開いているのに

母の日

わたし、母の日に
母親に贈り物したことがないのです
母の日という記憶がないもので
祖母や祖父の敬老の日は
学校で長寿を敬う　と教わった記憶がありますが

わたしがおばあちゃんになり
はじめて、母の日に
母親にカードを贈りました

おかしな現実を
ふと、想い起こしてくれたのは

若夫婦の花キューピッドのおかげです
カーネーションの花かごに
感謝の想いが
しっかり込められていたからです

手紙

友人に手紙を書いている途中
しあわせの漢字を見落とした
誤字である

—日頃のしあわせを思わない
不届き者には
「幸せ」の漢字が出てこない

諸事に感謝する気持ちが薄くなっている
なんと乏しい身上なのだろう

しあわせを思わない者に

しあわせの漢字を頂けないのかと
苦笑いする

見えないもののなかにこそ
見える心の深さをよりどころに
活き活きと語れる物語は
上に十のある幸せ
下に十のある辛さは
物つくりでも望んではいない

手紙を書ける喜びを
再び味わえるのは
し　あ　わ　せ

整えましょう、食卓を

のどの潤いを望んで
朝一番に冷水を頂く

たったそれだけのことが
今日を活きかえらせる

夜中の熱砂のなかを
行きつ戻りつする
おもいは
夢の動物『獏』が飲み込んだ

夜に生きながらえる術を

いつ身につけたのか

朝
自分に「おはよう」と挨拶出来ることが
潤うのどで確かめられる

さあ、食卓を整えましょう
多くの家族のために

卵もベーコンも野菜サラダもフルーツも
少し焼き色目のトーストも
お休みの日の贅沢品

学校に行く子ども達や会社勤めの夫のために
用意するのは定番メニュー

山菜の御御御付けに納豆、焼き海苔、沢庵も
主食は白米、日本茶をつけて
ご馳走には程遠い
そこへ焼き魚か夕食の残り物
いちサラリーマン家庭の朝の品

毎日の卵焼きの出来具合で
お弁当のおいしさは決まる
弁当箱は横並びに
一、二、三、四、五
食卓は煩雑なの

何十年続けたかな

家族のために整える食卓は

なんにもなくとも
笑いがあった

思い返すと
ひとりで頂く食卓の
簡素なメニューに
苦笑う

整えましょう、食卓を
この先を続ける
これからの自分のために

今生きている人たち

未来のお話会を
たのしげに語れる良質の時間を
大人たちは持て余している

人工頭脳が拡散する今
生き抜くことの難しさは
未来をつないでゆく
子どもたちの方がよく知っている

未来につながる今を
担う者たちの表情は
なぜか暗い

明るさや温かさ以上に
無情な闇を孕み
せめぎあっている

打開や展望が持てないもどかしさが積もる

あとがき

第三詩集『砂の都　風の民』を昨年発行してから、シルクロードの旅路を一旦閉じ、日常の出来事に目線を戻してみると、暮らしの中に浮上する様々な想いがある事に気づく。

人間という生命体は、何処までも貪欲に感情の雫を拾い集め、それらを沈殿させて、今をやり過ごして生きているかがよく分かる。

昔の名言に『人間は考える葦である』というパスカルの名が思い当たる。どのような状況下でも、人という生き物は、生きてゆく術を、常にどこかで自然に身につけている。

傍らの小さい野の草木さえ、時期になると知らぬ間に花を咲かせ、実を実らせ、そうして朽ちてゆく。生老病死の人の人生と同じに。

自然界に存在するあらゆる生命体が、そうやって巡る生命を享受しながら、時代という流れに翻弄されて、それぞれの命を全うしてゆく。

そのような中にあり、私は今、どのあたりに存在しているのだろう・・と自問自答する。

轍を沢山食べて生きてきたように感じる。轍は後ろの過去しか見ない、前に轍はない。そう言い切ると、未来が真っ暗な闇のように誤解されるが、けっしてそうではない。過去を顧みて、体のすみずみに沈殿させた記憶を蘇らせ、その細胞の内側から生き抜く知恵や瑞々しい感性を再生させて生きてゆく試みなのである。そうすることが、未来への土台造りや力を育む礎になるからである。

第四詩集『淵瀬』が、だからこそ存在すると、私は自身に返答する。それこそが、私の生きてきた経歴とこれからを生き抜く力の源泉となり得るからである。

第四詩集発行にあたり、御尽力頂きました風詠社の大杉剛様、編集部の皆様に厚く感謝とお礼を申し上げます。

令和三年　早春

著者

山田　にしこ（やまだ　にしこ）

1959 年　兵庫県姫路市に出生
2003 年～「文芸ふじさわ」同人
自作作品
2019 年「詩集 鉄格子」「えほん ヴィボーレの森」
「詩集 こころの窓を開けてごらん」
2020 年「詩集 砂の都 風の民」
「えほん おねえちゃんになったよ」
現在　神奈川県藤沢市在住

詩集 淵 瀬

2021 年 8 月 12 日　第 1 刷発行

著　者　山田にしこ
発行人　大杉　剛
発行所　株式会社 風詠社
〒 553-0001 大阪市福島区海老江 5-2-2
大拓ビル 5 - 7 階
Tel 06（6136）8657　https://fueisha.com/
発売元　株式会社 星雲社
（共同出版社・流通責任出版社）
〒 112-0005 東京都文京区水道 1-3-30
Tel 03（3868）3275
印刷・製本　小野高速印刷株式会社

ISBN978-4-434-29369-6 C0092